Georg und sein Handy

SABINE NIEMEYER

Georg und sein Handy

Bibliografische Information der Deutschen Nationalbibliothek

Die Deutsche Nationalbibliothek verzeichnet diese Publikation

in der Deutschen Nationalbibliografie; detaillierte bibliografische

Daten sind im Internet über http://dnb.d-nb.de abrufbar.

2. Auflage

Umschlagdesign, Satz, Herstellung und Verlag:

BoD - Books on Demand, Norderstedt

Grafik: primiaou/ Erik Svoboda/ Shutterstock.com

ISBN 978-3-7504-5949-6

Georg und sein Handy

Ein Tag

Heute wollte ich zuerst gar nicht aufstehen. Gestern Abend hatte ich mit meinem Freund Ecki noch bis spät in die Nacht im Internet gesurft. Erst nachdem meine Mutter mehrmals an meine Zimmertür geklopft und gerufen hatte: „Steh auf, du kommst sonst zu spät zur Schule", erhob ich mich. Ich putzte die Zähne und setzte mich zu meiner Mutter an den gedeckten Frühstückstisch.

„Wie lange hast du heute Schule?"

„Bis zwei Uhr, wir haben heute noch Werkunterricht."

„Und morgen dann die Mathearbeit?"

„Ist um eine Woche verschoben worden."

„Dann hast du ja noch etwas mehr Zeit zum Lernen."

„Lieber hätte ich die Arbeit heute geschrieben, diesen Stoff kann ich gut. Oh, ich muss los."

Ich machte mich zu Fuß auf den Weg. Zur Schule

war es nicht weit, ich musste nur 15 Minuten durch eine Allee gehen, vorbei an vielen alten Häusern. Die Sonne strahlte mir ins Gesicht. An dem Tag sollten es 30 Grad werden, so früh am Morgen war es aber noch kalt. Unser Gymnasium war noch aus dem vorletzten Jahrhundert, rechts vom Eingang befand sich die Sporthalle und links das riesige Schulgebäude. Es hatte einen großen Schulhof und einen neu angebauten Techniktrakt. Kurz vor unserer Schule traf ich meine Mitschülerin Uschi.

Sie fragte: „Hast du Englischvokabeln gelernt? Wir schreiben heute bestimmt wieder einen Englischtest."

„Das habe ich ganz vergessen."

Schon in den ersten beiden Stunden hatten wir Englisch. Davor hatte ich noch etwas Zeit und schaute schnell über die Vokabeln. Tatsächlich schrieben wir wieder einen Test als Vorbereitung auf unsere Englischarbeit. Ein paar Vokabeln hatte ich noch behalten, doch wie sie richtig geschrieben wurden, wusste ich nicht genau, ich schrieb sie einfach so, wie ich sie aussprechen würde. Bei den fehlenden Vokabeln schielte ich zu meiner Nachbarin und ich schrieb einige ab. Endlich war Englisch vorbei und nun große Pause. Ich ging am Schulkiosk vorbei, um mir Milch und einen Snack zu holen. Wie in jeder

Pause traf ich mich mit Ecki im Schatten der alten Linde, weit weg von den anderen Schülern.

„Hättest du auch fast verpennt?"

„Ich war noch ziemlich müde, meine Mutter hat mehrmals an meine Zimmertür geklopft", entgegnete ich. „Es war gestern Abend auch wieder zu spannend, wenn du nicht gesagt hättest, dass es schon recht spät ist und wir jetzt schlafen müssen, hätte ich bestimmt die ganze Nacht durchgesurft."

„Es ist krass, wer sich da alles auf den Internetplattformen rumtreibt. Heute müssen wir uns unbedingt wieder treffen und weiterschauen", sagte ich. „Kommst du zu mir?", fragte Ecki.

„Wann?"

„Am besten gleich nach der Schule."

„Das schaffe ich nicht, ich muss noch Mathe lernen, wir schreiben in der nächsten Woche eine wichtige Klausur, und dann muss ich noch Englischvokabeln pauken."

„Komm um sechs und bring Chips mit", sagte Ecki.

„Ich bin mal gespannt, ob wir unsere Lehrer und unsere Schule auch dort finden oder ob die auf einer anderen Plattform sind?"

„Ich glaube, unser sechzigjähriger Oberstudiendirektor ist bestimmt nicht im Internet, er ist zu alt dafür."

„Das kommt immer ganz auf den Menschen an, der eine geht noch mit achtzig online und der Nächste sagt mit fünfundsechzig, ich brauche kein Internet", sagte ich.

„Am besten wäre es, wenn wir ein Verzeichnis aller Schüler aus unserem Jahrgang hätten, dann könnten wir die systematisch durchgehen, wer weiß, was wir da Interessantes finden würden."

„Aber wo kriegen wir solch ein Verzeichnis her? Das gibt uns doch keiner", sagte ich.

„Vielleicht finden wir Daten darüber am Schwarzen Brett? Wir könnten nachher mal drauf achten", schlug Ecki vor.

Der Gong ertönte, die Pause war vorbei.

Jule

In der ersten großen Pause stand ich wieder mit Ecki an unserem Stammplatz auf dem Schulhof unter der großen Linde, weit ab von den Klassenkameraden.

„Was, meinst du, kommt morgen in Mathe dran?", fragte ich.

„Bin ich hier der Mathecrack oder du?"

„Ich hab wirklich keinen Schimmer", entgegnete ich und fragte: „Hast du schon viel für Mathe gemacht?"

„Ich weiß sowieso nicht, was drankommt." Ecki hörte mir gar nicht mehr zu. Er schaute in Richtung des neu angebauten Techniktraktes.

Ich folgte seinem Blick und sah ein tolles Mädchen, sie hatte lange schwarze Haare und trug ein sportliches weißes Poloshirt und Bermudas. Sie war auf dem Weg über den Schulhof zum neu angebauten Gebäude.

„Die sieht aber toll aus."

„Da stimme ich dir ausnahmsweise mal zu", sagte ich. Die meisten Mädchen fand ich hässlich, oft hatten sie scheußliche Pickel, Nickelbrillen und ihre Haare streng nach hinten gebunden. Mit denen wollte ich nichts zu tun haben; aber dieses Mädchen war anders.

„Hast du die hier schon mal gesehen?", fragte ich.

„Nein, wäre mir ganz bestimmt aufgefallen."

„In welche Klasse sie wohl geht? Oder ob sie nur zu Besuch ist? Ich finde, die sieht aus, als ob sie von einem Golfturnier kommt."

Geheimnisvolle Nachricht

Als Ecki und ich in der nächsten großen Pause wieder an unserem Stammplatz standen, kam auf ihrem Weg zum Techniktrakt das tolle Mädchen diesmal auf uns zu und fragte: „Servus, ich heiße Jule. Wo ist denn das Lehrerzimmer?" Mir blieb die Sprache weg und mir wurde ganz warm.

Ecki antwortete sofort: „Hallo Jule, ich bin Ecki. Das ist mein Freund Georg. Geh einfach in das grüne Gebäude, das Lehrerzimmer ist im zweiten Stock. Was willst du denn bei den Lehrern?"

„Ich habe einen Termin mit dem Rektor. Wir sind gerade hierhergezogen und ab heute gehe ich in die elfte Klasse. Der Rektor will mir alles zeigen und mich zu meiner neuen Klasse bringen. In welcher Klasse seid ihr denn?"

„Wir sind in der 11 d."

„Vielleicht komme ich ja in eure Klasse, dann kenne ich euch schon."

„Es gibt vier elfte Klassen, da ist die Wahrscheinlichkeit nicht hoch", sagte ich.

„Ich muss los, um zehn soll ich beim Rektor sein. Pfiat di." Und weg war sie.

„Was hat sie gesagt?", fragte ich.

„‚Pfiat di' ist bayrisch und heißt auf Wiedersehen. Wenn die aus Bayern kommt, dann ist die bestimmt voll gut in der Schule. Ich möchte mit der nicht in einer Klasse sein."

„Ich schon", entgegnete ich.

„Dann kommt sie bestimmt auch zur großen Party am Freitag."

„Ich würde nicht irgendwo hingehen, wo mich keiner kennt", sagte ich.

„Die macht keinen schüchternen Eindruck."

Die Pause war vorbei und wir gingen wieder zurück in unsere Klasse. Die ganze Zeit schaute ich während des Unterrichts auf die Klassenzimmertür und wünschte mir, dass sie aufgehen würde. Doch es tat sich nichts. Unser Klassenlehrer Herr Ahrens fragte mich: „Du wirkst so abwesend."

„Das kommt ihnen nur so vor."

In der zweiten großen Pause hielt ich wieder Ausschau nach Jule. Vergeblich. Ich war immer noch total enttäuscht, dass Jule nicht in unsere

Klasse kam. Der Unterricht zog sich, immer wieder blickte ich auf unsere große Schuluhr, die ich von unserem Klassenzimmer aus gut sehen konnte. Heute hatten wir bis 14 Uhr. Endlich war der Unterricht vorbei.

Nachmittags trafen wir uns bei Ecki, er wohnte nicht weit von mir. Wir aßen Chips und surften mit unseren Handys im Internet.

„Hast du noch was von Jule gehört?", fragte ich.

„Nö", entgegnete Ecki.

„Ob sie wohl morgen in unsere Klasse kommt?", fragte ich hoffnungsvoll.

„Die ist bestimmt schon in einer anderen elften Klasse."

Mein Handy brummte. Eine geheimnisvolle Nachricht war angekommen: ‚Georg, gehst du mit mir zur Schulparty?' Kein Absender.

„Da hat sich bestimmt einer vertan. Wer sollte schon mit mir dorthin gehen wollen?"

„Ist bestimmt ein Mädchen. Wir beide gehen doch zusammen hin, Mädchen dürfen nicht mit", sagte Ecki.

„Wir könnten ja ein Mädchen mitnehmen, einfach so", sagte ich.

„Aber nur, wenn sie hübsch ist, mit einem Pickelgesicht gehe ich nicht dorthin. Ich will aber nicht tanzen, wenn du tanzen willst, dann kannst du alleine gehen."

„Also, was schreiben wir zurück?", fragte ich.

„Wir schreiben: ‚Wer bist du?', denn wenn wir zusammen zur Party gehen wollen, muss ich wissen, wer du bist."

„Wir könnten uns doch auch überraschen lassen?"

„Ich mag keine Überraschungen", sagte Ecki.

„Na gut, dann frage ich nach. Aber wo ist denn mein Handy? Eben hatte ich es doch noch!"

Schulparty

An dem Tag, an dem die große Schulparty mit Disco starten sollte, versuchte ich wie jedem Samstag an meinem Rechner zur arbeiten, aber ich konnte mich nicht darauf konzentrieren. Ich war noch nie auf einer Schulparty gewesen. Die ganze Zeit überlegte ich, ob Jule wohl kommen würde. Ich wusste auch nicht, was ich anziehen sollte. Meine Brille wollte ich auf gar keinen Fall aufsetzen.

Ecki sollte eine Stunde vorher zu mir kommen, wir wollten noch gemeinsam über mein Outfit schauen. Ich hatte verschiedene Sachen zusammengestellt und führte sie ihm kurze Zeit später vor.

„Hier, schau mal, was ich anziehen will", sagte ich, „oder findest du das andere besser?"

Ecki wählte genau die Klamotten aus, die auch meine Favoriten waren: blaue Jeans, Turnschuhe, schwarzes Hemd und schwarzer Blazer.

„Was machen wir mit meiner Brille?"

„Wieso, die ist doch dein Markenzeichen?"

„Ich fühle mich besser mit Kontaktlinsen."

„Dann trägst du eben Kontaktlinsen, wenn du meinst", sagte Ecki.

„Ich hab extra Kontaktlinsen besorgt."

„Komm, wir müssen los." Wir sausten mit unseren Fahrrädern zur Schule und schafften es gerade noch pünktlich. In der Aula setzten wir uns an den Rand und lauschten der spannenden Rede unseres Rektors.

Wider Erwarten war die Rede sehr mitreißend. Im Anschluss waren wir in guter Stimmung und unterhielten uns ausgelassen mit den anderen Schülern. Musik ertönte aus der Turnhalle, doch wir fanden es noch viel zu früh, um bei dem schönen Wetter hineinzugehen, und standen noch lange auf dem Schulhof. Ich hielt immer wieder unauffällig Ausschau.

„Ecki, hast du Jule gesehen?"

„Wer ist denn das?"

„Das Mädchen aus Bayern von vorgestern auf dem Schulhof."

„Wir haben doch nur kurz mit ihr gesprochen", entgegnete Ecki.

„Wenn du meinst", sagte ich. „Vielleicht ist sie schon in der Disco?"

„Dann aber los."

Die Luft war stickig dort, die Musik laut und es war noch relativ leer. Wir beschlossen, wieder rauszugehen und es zu einem späteren Zeitpunkt noch mal zu versuchen. Auf dem Schulhof sprach mich ein Mädchen aus der Parallelkasse an: „Du siehst sonst immer ganz anders aus?"

„Nein, ich sehe immer so aus. Du hast wahrscheinlich noch nie so genau hingeschaut." Wie elektrisiert schaute ich zum anderen Ende des Schulhofs: Durch das Eingangstor kam Jule.

„Hallo, was ist mir dir? Sprichst wohl nicht mehr mit mir? Erde an Georg!"

Ich wandte mich wieder dem Mädchen zu. Ich musste sie schnellstmöglich loswerden. „Wir wollen noch in die Disco, wir sehen uns später", sagte ich und rempelte Ecki an.

Statt in die Disco zu gehen, gingen wir direkt auf Jule zu. Die lächelte uns schon von Weitem an.

„Toll, euch zu sehen. Ihr habt gar nicht auf meine Nachricht geantwortet, ich hatte schon überlegt, nicht zu kommen."

„Welche Nachricht?"

„Ich hatte euch gefragt, ob ihr mit mir auf die Schulfete gehen würdet."

„Ich hab keine Nachricht erhalten", log ich und betete, dass sie nicht weiter auf dieses Thema eingehen würde.

„Oh, dann habe ich wohl eine falsche Nummer von dir. Aber wir haben uns ja auch so getroffen. Warum seid ihr nicht in der Disco?", fragte Jule gleich darauf.

„Wir wollten gerade reingehen, kommst du mit?", forderte Ecki sie auf. Er war mir mit der Antwort zuvorgekommen und das ärgerte mich.

„Was hast du heute den ganzen Tag gemacht?", fragte ich Jule, doch ich bekam keine Antwort. Ich fand, sie sah echt total toll aus, aber ich traute mich nicht, ihr das zu sagen.

Überraschungspreis

Wir gingen zu dritt in die Disco. Ich konnte nicht tanzen, doch ich beobachtete die anderen und versuchte es ihnen nachzumachen. Gegen Mitternacht wurde ein Überraschungspreis verlost: eine einwöchige Sprachreise im Herbst für zwei Personen zu unserer Londoner Partnerschule. Ich betete, dass ich die Reise nicht gewinnen würde, denn ich war schlecht in Englisch und hasste es deshalb. Aber ich gewann! Der Reisegutschein wurde mir feierlich überreicht.

„Ich bin dabei", befahl Ecki. Dazu sagte ich nichts, denn ich wollte natürlich gern mit Jule fahren. „Also schlag ein." Ecki hielt mir seine Hand hin.

Jule sagte: „Ich war im letzten Jahr mit meiner Mutter da, da ist es cool. Man kann dort ganz toll shoppen. Ich will auch mit."

„Ich kann nur einen mitnehmen. Einigt euch", entgegnete ich.

Beide stritten sich. Dann gab Ecki nach und sagte: „Ladies first."

Ich konnte es kaum fassen: ich und Jule in London! Ich musste unbedingt Nachhilfe nehmen, um mich nicht zu blamieren. Nachmittags fiel mir der Gutschein wieder ein. Auwei, hoffentlich hatte ich ihn nicht verloren. Ich durchsuchte alles und fand ihn schließlich in meiner Jackentasche. Jetzt erst schaute ich ihn mir genauer an: vormittags und nachmittags würde es einen Englisch-Zertifikatskurs geben, dann ein Mittagessen mit Schülern der Partnerschule. Und am letzten Tag eine Führung durch den Tower of London. Klang nicht schlecht, hörte sich aber auch nach viel Paukerei an. Gerne hätte ich Fotos von meinem Gewinn versendet, aber da fiel mir wieder ein, dass ja mein Handy weg war. Komisch, vermisst hatte ich es bisher nicht. Ging es etwa auch ohne?

Am Montag gratulierte mir mein Klassenlehrer zu meinem Gewinn. In der Pause hielt ich wieder Ausschau nach Jule. Ich wollte sie noch mal fragen, ob sie wirklich mit mir nach London fahren will. Ich konnte mir das gar nicht vorstellen, sie kannte mich doch überhaupt nicht. Außerdem würde sie bestimmt viel lieber mit Ecki hinfahren. Wahrscheinlich interessierte sie sich nur für die Stadt und das Shoppen, es war ihr bestimmt egal, mit wem sie dort hinfuhr, Hauptsache, sie kam in diese Stadt. Ich fragte Ecki: „Meinst du wirklich, dass Jule mit mir nach London fahren will?"

„Aber das hat sie doch gesagt."

Handykauf

Mein Handy war schon seit einigen Tagen weg. Ich dachte an die wichtigen Nachrichten, die bestimmt zwischenzeitlich für mich angekommen waren. Vor der Party hatte ich es verloren und bisher nicht wiedergefunden, obwohl ich überall danach gesucht hatte. Ich fühlte mich verloren ohne Handy, es war, als könnte ich mich nicht mitteilen. Dabei sollten doch alle meine Freunde wissen, dass ich eine Reise nach London mit einer tollen Frau gewonnen hatte. Das würde dann gleich meine erste Aktion mit dem neuen Handy sein. Ich beschloss, sofort ein neues zu kaufen, und schaute im Internet nach Angeboten. Ich wollte das neueste Modell haben und wenig Geld dafür ausgeben. Ecki hatte mir seine Hilfe angeboten, ich rief ihn daher an und verabredete mich mit ihm in der Stadt. Wir gingen in den Shop, in dem Ecki sein Handy erworben hatte. Er hatte sich dort erst vor einigen Wochen das neueste Modell gekauft und der Verkäufer konnte sich noch gut an ihn erinnern. Er bot uns das Gerät an, das Ecki auch hatte. Ich überlegte nicht lange und kaufte es. Nach dem Handykauf waren wir erschöpft.

Ecki sagte: „Lass uns doch erstmal in die Pizzeria gehen und uns stärken."

Nachdem wir unsere Pizzen gegessen hatten, fing ich an, das Handy einzurichten. Ich lud zuerst die neuesten Apps runter.

„Ich schick dir eine Nachricht von meinem Reisegewinn. Sag mir Bescheid, ob sie angekommen ist", schlug ich vor. Es piepte.

„Prima, dann schreib ich gleich den anderen auch", sagte ich.

„Kannst du das nicht später noch machen?", konterte Ecki.

„Nein, ich habe so lange darauf gewartet, ich will das jetzt machen, nur noch zwei Nachrichten."

„Aber sag, was hast du denn da für einen Blödsinn geschrieben?", sagte Ecki und las vor:

„Ich habe eine Reise nach London gewonnen mit einer tollen Frau'. Willst du nicht ein Foto von Jule mitschicken?"

„Wo kriege ich das denn her?"

„Lass uns im Internet schauen, vielleicht finden

wir dort eins, dann könntest du das runterladen und mitschicken", schlug Ecki vor.

„Ich finde, ein Foto von London reicht."

„Wenn du meinst", sagte Ecki. „Ich muss noch wissen, wer mit uns zur Schulparty gehen wollte", sagte ich.

„Aber die Party ist doch längst vorbei", erwiderte Ecki.

„Trotzdem", sagte ich und griff in die Tasten.

„Ich schreibe jetzt zurück: ‚Wer bist Du?‘."

Sofort kam eine Antwort: ‚Warum hast Du nicht geantwortet?‘

Ich schrieb zurück: ‚Es tut mir leid, ich hatte mein Handy verloren, aber jetzt habe ich ein neues. Sollen wir zusammen Eis essen gehen mit meinem Freund Ecki?‘

Es blinkte: ‚Ja‘.

Ich schrieb: ‚Wer bist Du denn?‘.

Es kam die Antwort: ‚Das wirst Du schon sehen‘.

Vorbesprechung für London

Als ich Jule am nächsten Tag sah, raste ich sofort auf sie zu: „Wir haben am Donnerstagnachmittag einen Termin für die Vorbesprechung zur London-Reise. Es bleibt doch dabei, dass du mich begleitest?"

„Natürlich", antwortete Jule wie selbstverständlich.

„Lass uns mal Handynummern austauschen, falls noch was wegen London zu besprechen ist", schlug ich vor.

Jule gab mir bereitwillig ihre Nummer. Ich speicherte sie sofort in meinem Handy ab und gab ihr auch meine Nummer.

„Wie gut kannst du Englisch?", fragte ich.

„Ich war immer Klassenbeste."

Oh nein, dachte ich, auch das noch, und ich bin so grottenschlecht. Ich muss unbedingt Englisch pauken. Nachts lag ich wach und machte mir Gedanken über die Reise und wie ich meine schlechten

Englischkenntnisse übertünchen könnte. Vielleicht sollte ich noch versuchen, eine englische Zeitung im Internet zu lesen? Ich konnte es immer noch nicht fassen, dass Jule mit mir nach London fahren würde. Hoffentlich wurde sie nicht noch krank und ich müsste dann alleine fahren.

Am Donnerstag in der Schule war ich ganz aufgeregt und phasenweise nicht bei der Sache. Donnerstagnachmittag war es endlich so weit. Wir trafen uns mit Herrn Ahrens im Lehrerzimmer.

„Dann gebe ich euch jetzt die Flugtickets nach London Stansted. Wir haben zwischenzeitlich das zweite Flugticket auf Jules Namen ausstellen lassen. Nun noch zwei Fahrkarten für die Fahrt vom Flughafen zum Bahnhof sowie die Gutscheine für den Sprachkurs an unserer Londoner Partnerschule und den Besuch des Towers. Am Hauptbahnhof werdet ihr von euren Gastfamilien abgeholt. Ihr werdet ganztägige Englischkurse haben mit Mittagessen in der Schule, am vorletzten Tag macht ihr eine Prüfung in Englisch."

Ich traute mich nicht zu fragen, ob die Prüfung schwer sein würde, stattdessen sagte ich: „Das hört sich aber gut an. Waren Sie schon mal in unserer Partnerschule?"

„Die Schule liegt mitten in der Londoner Innenstadt, es ist nicht weit zu den Sehenswürdigkeiten und zum Shoppen. Lasst euch von euren Eltern Taschengeld mitgeben", sagte er und zwinkerte uns zu. „Und noch was: Über die Reise möchte ich später eine Dokumentation an unserer Schulpinnwand machen. Bitte macht viele Fotos, ihr fotografiert doch gerne?"

„Ich mache eher zu viele Fotos als zu wenig, alles doppelt und dreifach. Was mir später nicht mehr gefällt, lösche ich dann einfach", entgegnete Jule lachend.

„Ich mache gerne Handyfotos, versende sie sofort an meine Freunde und warte immer ganz gespannt auf ihre Kommentare", sagte ich.

London

Meine Eltern hatten mich zum Flughafen gebracht. Meine Mutter sagte: „Melde dich, wenn du in London angekommen bist." Ich blieb noch kurz im Abflugbereich, weil ich vorher noch Selfies machen wollte – und schon waren die Fotos verschickt. Kaum hatte ich eingecheckt, hielt ich Ausschau nach Jule. Ich konnte sie nicht sehen. Zweifel überfielen mich. Würde sie doch nicht mitkommen? Ich hatte mich schon so auf die Reise mit ihr gefreut. Ich hoffte, dass ich sie dann besser kennenlernen würde. Ich schreib ihr gleich mal eine Nachricht und frag nach, wo sie bleibt, dachte ich. Auf einmal tippte mir jemand von hinten auf die Schulter. Es war Jule.

„Da bin ich. Bist du schon aufgeregt?"

„Gar nicht. Gerade wollte ich eine Vermisstenanzeige aufgeben."

„Weißt du, was ich mir überlegt habe: Ich muss

unbedingt ins Wachsfigurenkabinett, ein Starfoto aufnehmen, und du musst das Foto schießen."

Bevor ich widersprechen konnte, wurden wir aufgerufen und stiegen ins Flugzeug. Ich überließ Jule den Fensterplatz. Während des Fluges kam es mir vor, als ob sie die ganze Zeit aus dem Fenster schaute.

„Guck mal, wie geheimnisvoll die Wolken aussehen", sagte sie. Noch nie hatte ich mir Wolken genauer angeschaut. Sie hatte Recht, sie sahen mysteriös aus.

Es ertönte eine Ansage: „In wenigen Minuten landen wir in London. Hier ist es jetzt: 3 Uhr, it's 3 o'clock p. m. Auf der linken Seite können Sie Big Ben sehen und auf der rechten den Tower of London." Jule klebte am Fenster, so dass ich nichts erkennen konnte.

„Lass mich doch auch mal schauen", bat ich.

„Oh, Entschuldigung", sagte Jule.

„Auf dem Rückflug sitze ich aber am Fenster", sagte ich wütend.

Am Flughafen wurden wir von unseren Gastfamilien abgeholt. Beide hatten Jugendliche in unserem Alter dabei.

Sie waren befreundet und fragten uns: „Wir möch-

ten heute Abend typisch englisch mit euch essen gehen, Fisch und Chips, das mögt ihr doch?"

Ich mochte das nicht, aber traute mich nicht, es zu
sagen. Zum Glück kam Jule mir zuvor: „Das macht
doch dick."

„Mögt ihr denn Pizza?"

„Das ist okay, da gibt es bestimmt auch eine Salat-
bar", sagte Jule. Auch für mich war das in Ordnung.
„Dann reservieren wir noch schnell einen Tisch in
der Pizzeria um die Ecke. Aber jetzt bringen wir
euch erstmal nach Hause."

Ich wohnte mitten in London in einem alten Ein-
familienhaus im Erdgeschoss. Jule ein paar Straßen
weiter. Abends in der Pizzeria fragten sie uns: „In
welcher Klasse seid ihr denn in Deutschland?"

„In der elften, im nächsten Jahr machen wir Ab-
itur, mein Leistungskurs ist Englisch", sagte Jule.
„Und meiner Mathe", entgegnete ich.

„Kannst du denn dann gut Englisch?", fragte
meine Gastmutter.

„Mittelprächtig", sagte ich.

„Wie weit ist unsere Partnerschule von Madame
Tussauds entfernt?", fragte jetzt Jule. Ich tickerte
währenddessen auf meinem Handy herum und
suchte nach deutsch-englischen Übersetzungen.

Ich schrieb auch meiner Mutter noch eine Nachricht: ‚Bin gut in London angekommen und habe eine nette Gastfamilie. Es regnet nicht'.

Sprachkurs

An unserem ersten Schultag holte ich Jule morgens von ihrer Gastfamilie ab. Auf unserem Weg zum Sprachkurs an unserer Partnerschule gingen wir an schönen alten Häusern vorbei. Eine Villa sprang uns besonders ins Auge, sie sah aus wie ein Schloss und war über und über mit Efeu bewachsen. Zwischen all dem Grün waren nur die Fenster und Türen zu sehen.

„Wer wohl darin wohnt?", fragte Jule. Vergeblich suchten wir ein Klingelschild.

„Ist bestimmt jemand Berühmtes", sagte ich. „Lass uns mal ein Foto schießen. Das schicken wir dann an Ecki. Als Titel schreiben wir dazu: ‚Georg & Jule at famous castle'."

An unserer Partnerschule im Herzen von London fiel mir sofort die Zinne auf und die englische Flagge davor. Wir gingen zur Anmeldung. Ein netter alter Herr in Uniform brachte uns zu unserem Unterrichtsraum. Wir waren zehn deutsche Sprachschüler. Unser Lehrer war Mitte fünfzig, Engländer und sprach wenig Deutsch mit uns. Er sagte: „Schön, dass ihr hier seid", und fuhr dann in Englisch fort. Ich verstand kein Wort und traute mich auch nicht, nachzufragen. Endlich war Pause.

Ich fragte meine Mitschüler: „Habt ihr was verstanden?"

„Nicht viel", bekam ich zu hören.

Jule aber sagte: „Ja, alles."

Ich hätte es mir denken können.

„Könnten Sie nicht mehr auf Deutsch sprechen?", fragte ich ihn zu Beginn der nächsten Stunde.

„Aber my dears, ihr seid doch hier, um Englisch zu lernen." Nachdem er eine Weile überlegt hatte, sagte er: „Aber nur ausnahmsweise, weil ich euch so sympathisch finde." Ich saß in der letzten Reihe und hatte mein Handy mit der Übersetzungs-App unter meinem Englischbuch versteckt. Nachmittags wurden wir reihum nach den Vokabeln abgefragt. Für den Fall, dass mir nichts einfallen sollte, könnte ich schnell die Übersetzungs-App auf meinem Handy befragen.

Nach dem Unterricht fragte Jule mich: „Kommst

du mit zu Madame Tussauds?" Sie lief los. Ich hinterher.

„Weißt du, wie wir gehen müssen? Es muss doch hier sein."

Mein Handy wies uns den Weg. „Hier müssen wir rechts gehen", sagte ich triumphierend. „Gleich sind wir da."

Jule lächelte mir anerkennend zu: „Super, da brauchen wir nicht lange suchen." Im Wachsfigurenkabinett war Jule total aufgeregt: „Ich muss unbedingt das Starfoto haben, aber überall diese Menschenmassen, wo ist denn bloß mein Star?"

„Das können wir doch ganz einfach rausfinden", sagte ich und griff zum Handy.

Jule schaute mich wieder bewundernd an. Allerdings mussten wir bei dem ganzen Trubel eine halbe Stunde anstehen.

„Could you please take a picture?", ich gab einem netten Herren mein Handy. Danach schickte ich das Foto gleich an Ecki.

‚Ihr seht echt gut aus zusammen mit dem Star' kam gleich darauf als Antwort zurück.

Nachdem Jule mich angelächelt hatte, nahm ich meinen ganzen Mut zusammen und fragte: „Wollen wir nicht gleich noch ein Eis essen gehen, Jule?

Hier um die Ecke soll es ganz leckeres Softeis geben."
Hoffentlich sagte sie nicht nein.

Jule entgegnete: „Ich mag kein Softeis."

„Da gibt's auch einen leckeren Cappuccino", fiel mir gerade noch ein.

„Den trinke ich für mein Leben gern", sagte sie. Ich freute mich und beschloss dann, ihr zu sagen, wie toll sie aussah.

Abschlusstest

In einem Blog hatte ich Gutes über eine Eisdiele mit dem Namen ‚Ice Dreams' gelesen. Mein Handy wies uns den Weg dorthin. Jule schaute mich wieder mit bewundernden Augen an. Die Eisdiele war sehr voll. Es gab eine große Auswahl. Ich war hin- und hergerissen zwischen den vielen exotisch aussehenden Sorten mit den vielversprechenden Namen: ‚Holiday Feeling', ‚Banana Boat'.

„Jule, kannst du mir bei der Auswahl helfen?"

„Aber nur, wenn ich später probieren darf. Ich würde das rote nehmen." Gerade wurde ein Platz frei, wir setzten uns. Jule schlürfte ihren Cappuccino. „Der schmeckt traumhaft", schwärmte sie und drehte sich zu mir. „Möchtest du mal probieren?"

„Ich mag keinen Cappuccino", entgegnete ich. Aber auch das rote Eis schmeckte gut. „Hast du gut ausgesucht, es ist vorzüglich. Es schmeckt gar nicht nach Softeis, du kannst gerne mal probieren." Ich

drehte mich zur Seite und wollte Jule den vollge-
füllten Löffel reichen.

„Ach nein, ich habe gerade so einen schönen Cap-
puccino-Geschmack im Mund."

Ein älterer Mann zeigte auf unseren dritten Stuhl
und fragte: „Is it free?"

Ich kam Jule zuvor und sagte „Yes, it is."

Jule sagte: „Ich muss noch für den Test morgen
lernen."

„Ich dachte, die englischen Vokabeln würden dir
nur so zufallen", erwiderte ich.

„Schön wär's. Lieber gehe ich shoppen, als dass ich
lerne."

„Du könntest doch jeden Tag auf deinem Nachhauseweg noch ein bisschen in die Läden schauen."

„Am letzten Tag gehe ich noch mal shoppen.
Kommst du mit?"

Ich sagte: „Ich möchte an unserem letzten Tag lieber in den Tower gehen."

„Wir könnten ja beides machen", warf sie ein.

„Erst Tower, dann Shoppen", sagte ich.

„Erst Shoppen, dann Tower", sagte Jule.

„Die Geschäfte sind länger geöffnet als der Tower,
deshalb erst Tower, dann Shoppen", versuchte ich
logisch herzuleiten.

„Okay", willigte Jule ein. „So, nun muss ich aber los und Vokabeln pauken."

„Wir könnten uns gegenseitig Vokabeln abfragen?", schlug ich vor.

„Wir müssen doch erstmal wissen, was im Abschlusstest drankommt", entgegnete Jule. „Dann fragen wir morgen nach. So, nun muss ich aber los."

„Fragst du?", sagte ich.

„Ja, soooo, jetzt bin ich aber weg."

Und verschwunden war sie. Nun saß ich noch mit dem Mann allein am Tisch. Ich verabschiedete mich und machte mich auf den Nachhauseweg. Ich schlenderte vorbei an den schönen alten Villen. Ich dachte, später möchte ich auch in so einem Haus wohnen.

Ich aß mit meiner Gastfamilie zu Abend und zog mich dann in mein Zimmer zurück. Ich fing an, die englischen Vokabeln zu lernen. Dazu schrieb ich alle Vokabeln auf Karteikarten, machte die entsprechenden Übungen und bildete Eselsbrücken, um die Wörter zu behalten. Auf einmal machte es mir richtig Spaß, englische Vokabeln zu lernen. Abends schaute ich noch englisches Fernsehen. Vor dem Schlafengehen ging ich noch mal eine Runde mit dem Hund meiner Gastfamilie um den Block. Ich kam auch an dem Haus von Jules Gastfamilie vorbei. Ausgerechnet hier blieb der Hund stehen und fing laut an zu bellen. Jules Zimmer war dunkel. Ich zerrte den Hund vor dem Haus weg. Nach mehrmaligem guten Zureden und starkem Zerren gelang es mir, ihn wieder nach Hause zu führen.

Am nächsten Tag im Sprachkurs sagte Jule: „Ich bin gestern Abend von einem Hundebellen wachgeworden." Ich sagte dazu nichts. Sie fragte unseren Englischlehrer: „Wie ist unser Abschlusstest aufgebaut?"

„Es wird ein Vokabeltest sein", antwortete er.

In der Pause schlug Jule vor: „Dann können wir am Donnerstagabend bei mir für den Test am Freitag zusammen lernen." Ich beschloss, Jule durch mein Vokabelwissen zu imponieren. Daher eilte ich nach dem Kurs zu meiner Gastfamilie und lernte fleißig Vokabeln. In die leckere Eisdiele wollte ich erstmal nicht wieder gehen, denn damit würde ich zu viel Zeit verlieren, die mir für das Lernen fehlen würde.

Lernen für den Abschlusstest

Jule und ich hatten uns bei Jules Gasteltern zum Lernen verabredet. Ein Teil des Weges zu ihrem Haus führte uns an der Themse entlang. Wir sahen dort einen großen Dampfer mit argentinischer Flagge. Wie es wohl dort in Südamerika ist, fragte ich mich. „Jule, warst du schon mal in Argentinien?"

„Nein", sagte sie.

Ich fragte weiter: „Hast du schon mal überlegt, auf so einem Schiff mitzufahren?"

„Das wär mal was. Georg, wollen wir da mal zusammen hinfahren?"

Hatte ich richtig gehört? Sollte das etwa heißen, dass sie mit mir nach Argentinien fahren wollte? Dann musste sie mich ganz nett finden, sonst hätte sie das nicht vorgeschlagen.

„Jule, würdest du mit mir dorthin fahren wollen?"

„Warum fragst du?", erwiderte Jule.

Ich schwieg.

Jules Gasteltern wohnten in einer Villa mit Turm mitten in einem großen Garten. Wir gingen den langen Weg zum Haus und die unzähligen Stufen hinauf zur Tür, wo wir von Jules Gasteltern empfangen wurden. Sie bestanden darauf, dass wir mit ihnen zu Abend aßen. Ich kriegte kaum einen Bissen runter, mir schwirrte immer noch Jules Frage von vorhin im Kopf herum. Um uns auf unseren Abschlusstest einzustimmen, sprachen sie während des Essens nur Englisch mit uns. Danach hatte ich kaum noch Lust, noch weiter in dieser Sprache zu sprechen. Anschließend setzten Jule und ich uns auf die Terrasse in bequeme Korbsessel unter alten Eichen. Ich fing an, Jule die Vokabeln abzufragen. Sie beherrschte alle, selbst solche, die ich mir noch zusätzlich ausgedacht hatte. Nun war ich dran. Ich hatte zur Sicherheit mein Handy dabei, falls ich nicht mehr weiterwissen sollte. Jule fragte nach der Übersetzung für ‚Love‘. Natürlich wusste ich es. Warum fragte sie mich ausgerechnet diese Vokabel ab? Doch auch sonst konnte ich alle Vokabeln. Jules Augen funkelten, wenn sie mir ihr anerkennendes Lächeln zuwarf.

Gerne wäre ich noch länger bei ihr geblieben, doch sie sagte: „Ich muss heute Abend noch mit meinen

Eltern telefonieren und will dann früh schlafen gehen, damit ich morgen fit bin." Sie schob mich quasi aus der Eingangstür, verabschiedete sich von mir und schon fiel die schwere Haustür zu.

Ich verstand die Welt nicht mehr, erst wollte sie mit mir nach Argentinien fahren und dann wurde ich rausgeschmissen. Ich war ziemlich enttäuscht, gern hätte ich ihr gesagt, was für ein anziehendes Lächeln sie hat. Mit gesenktem Kopf ging ich nach Hause zu meiner Gastfamilie. Die Uhr tickte: Ich hatte nur noch zwei Tage mit Jule, bevor wir wieder nach Deutschland zurückfliegen würden.

Zu Hause schrieb ich noch eine Nachricht an Ecki, vielleicht wüsste er eine Erklärung dafür. ‚Hi Ecki, ich bin echt sauer, erst will Jule mit mir nach Argentinien fahren und dann sperrt sie mich aus, ich verstehe das nicht'.

Sofort kam zurück: ‚Frauen muss man nicht verstehen. Georg, gib Gas, die Zeit läuft, du hast noch zwei Tage, mach Jule klar'.

Diese Erklärung half mir jetzt auch nicht weiter. Nachts träumte ich davon, wie ich Arm in Arm mit Jule durch London ging. Im Traum war alles ganz einfach. Wäre ich erst wieder in Deutschland, würde ich Konkurrenz von Ecki bekommen, befürchtete ich. Dann würde er sie umgarnen und versuchen, mit ihr zusammenzukommen. Ich musste unbedingt noch in London mit ihr zusammenkommen. Schweißgebadet wachte ich auf und schaute auf die Uhr. Es war erst ein Uhr. Mittags am nächsten Tag würde unsere Abschlussprüfung stattfinden.

Wir wurden alle einzeln aufgerufen. Ich hatte beschlossen, mein Handy gut versteckt mit zum Test zu nehmen. Falls ich eine Vokabel nicht wissen sollte, würde es mir helfen und keiner könnte über mich lachen. Ich brauchte es aber gar nicht, ich konnte alle Vokabeln und bekam die Note ‚sehr gut'. Im Nachhinein erfuhr ich, dass keine Hilfsmittel erlaubt waren. Nach mir wurde Jule geprüft. Ich hatte ihr noch kurz vorher gesagt, was bei mir drangekommen war.

Als sie wieder rauskam, hatte sie ein triumphierendes Lächeln im Gesicht: „Ich habe ein ‚sehr gut' bekommen."

Ich entgegnete: „Ich auch."

Daraufhin sagte Jule: „Du auch?"

„Ja, ich habe mich heute selber übertroffen."

Nun kam Bob, einer unserer Mitschüler, und fragte: „Jetzt sind wir alle durch. Wollen wir nicht noch alle zusammen in der Eisdiele nebenan ein Eis essen gehen?"

Jule sagte: „Das ist eine gute Idee." Lieber wäre ich mit Jule alleine unterwegs gewesen, wir wollten schließlich noch in den Tower.

Jule sagte: „Morgen gehe ich dann shoppen."

Den Tower erwähnte sie nicht. Komisch, dachte ich, das habe ich anders in Erinnerung, hat sie das etwa vergessen? Ich sagte: „Wir wollten doch hinterher in den Tower gehen?", und ärgerte mich dann darüber. Doch Jule schien meine Frage nicht gehört zu haben.

Unser Lehrer kam auch mit in die Eisdiele. Er sagte: „My dears, you all were very good. You are the best summer class I ever had. Therefore I will invite every one of you for an ice cream."

Zu meinem Erstaunen bestellte Jule sich auch ein Eis. Und mir hatte sie noch gesagt, sie mag kein Eis. Schon wieder ärgerte ich mich.

Unser Lehrer fragte mich: „What will you do during your autumn holidays?"

Ich hatte gar nicht zugehört.

Er wiederholte seine Frage lauter.

Ich schreckte auf: „I don't know."

Schon stellte er die nächste Frage: „What will you do tomorrow before you are leaving for Germany?"

„I will visit the Tower", antwortete ich stolz.

„Great", sagte er.

Jule sagte: „I will go shopping."

„Women always shop, shopping is boring. You should better visit the tower with Georg. The Tower is going to be exciting", sagte unser Lehrer und zwinkerte mir zu.

In der Eisdiele war es eng, auf einmal bemerkte ich Jules Schulter an meiner. Was sollte ich jetzt tun, meinen Arm um sie legen?

Während ich noch überlegte, kam auch schon eine Nachricht von Ecki: ,Du hast noch einen Tag, mach Jule klar'. Ich zuckte und rückte noch näher an Jule heran.

Letzter Abend

In der Eisdiele verstanden wir uns alle prächtig und beschlossen spontan, mit unserem Kurs später noch in Begleitung unseres Lehrers in eine alte Londoner Disco zu gehen. Am nächsten Tag, einem Samstag, sollte unser Flieger abends von London Stansted zurück nach Deutschland gehen. Ich stand zu Hause bei meinen Gasteltern vor dem Spiegel und wusste nicht, was ich anziehen sollte. Ich hatte auch vergessen, bei meinen Mitschülern nachzufragen, was sie für Kleidung tragen würden.

Schon wieder bekam ich eine Nachricht von Ecki: ‚Du hast noch einen Abend. Reiß Jule auf‘.

Langsam nervt es, dachte ich. Schnell drückte ich die Nachricht weg. Ich beschloss, meine Jeans, ein weißes T-Shirt und meinen blauen Blazer anzuziehen. Wir wollten uns um 21 Uhr vor der Disco treffen und mit unserem Lehrer gemeinsam reingehen. Ich packte noch schnell meinen Koffer und machte mich dann auf den Weg. Mit meinem Handy fand ich den Weg gut und war pünktlich dort. Alle waren da, bis auf Bob. Er hatte eine Nachricht geschickt, dass seine Line Verspätung habe. Jule hatte eine Jeans, eine orangefarbene Satinbluse und eine Jeansjacke an. Ihr Haar war hochgesteckt und an ihren Ohren funkelten zwei Glitzerohrringe. Sie sieht aus wie eine Discoqueen, dachte ich. Ich sah auch, wie meine Mitschüler sie bewundernd anschauten.

„Was spielen die hier für Musik?", fragte ich.

„Everything", sagte unser Englischlehrer. „We are waiting for Bob and then we will go in together." Doch Bob kam und kam nicht. Wir gingen daher schon mal rein, unser Lehrer wollte ihn dann am Eingang abholen.

Der Eintritt war sehr teuer. Nachdem ich bezahlt hatte, hatte ich nicht mehr viel Geld. Hoffentlich waren die Getränke nicht so teuer. Die Disco war leer. Wir setzten uns alle zusammen an einen Tisch und bestellten. Es war sehr laut, ich konnte mich nur mit meinem Nachbarn unterhalten. Der Kellner brachte jedem von uns eine Cola mit vielen Eiswürfeln. Nach einer halben Stunde stand unser Lehrer auf und holte Bob ab. Bob hatte eine Jeans und ein T-Shirt mit einem Druck von einer aktuellen Musikgruppe drauf sowie eine Lederjacke an. Ich sah, wie Jule ihn verstohlen anschaute. Neben ihr war noch ein Platz frei und Bob setzte sich dorthin. Beide unterhielten sich angeregt. Ich redete mit meinem Mitschüler Jack und schaute immer wieder unauffällig zu Bob und Jule rüber.

Jack fragte mich: „Bist du mit deinen Gedanken woanders, du machst so einen abwesenden Eindruck?"

„Nein", antwortete ich, konzentrierte mich auf das Gespräch mit Jack und beobachtete Jule und Bob nicht mehr.

„Jack, hier ist es so stickig, ich will mal nach draußen gehen. Kommst du mit?"

„Ja, finde ich auch", erwiderte Jack.

Wir standen eine Zeit lang draußen und Jack erzählte mir von seinem letzten Urlaub in Irland. Als wir zurückkamen, saßen alle Mitschüler und unser Lehrer noch am Tisch, nur Jule und Bob waren verschwunden. Ich fragte unseren Lehrer: „Do you know where Jule and Bob are?"

„I think they are dancing. Shall we all go dancing?" Wir gingen alle zur Tanzfläche und tatsächlich sahen wir Jule und Bob dort zusammen tanzen und lachen. Sie tanzten neben uns, aber trotzdem für sich allein. Ich ärgerte mich, am liebsten hätte ich Bob weggeschubst. Als Bob die Tanzfläche verließ, ging ich gleich zu Bobs ehemaligem Platz und lächelte Jule an. Sie lächelte zurück und ihr ganzes Gesicht schien dabei zu funkeln.

Ich fasste meinen Mut zusammen und fragte sie: „Kommst du morgen mit mir in den Tower?" Es war sehr laut.

Sie sagte: „Ich verstehe nichts, lass uns nach dem Tanzen noch mal sprechen."

Mir kam es vor, als würden wir Ewigkeiten auf der Tanzfläche verbringen. Ein gutes Lied nach dem anderen wurde gespielt.

Zurück am Tisch, zupfte ich ungeduldig an meinem Ohrläppchen und wollte endlich meine Frage loswerden. Doch schon wieder bekam ich eine Nachricht auf mein Handy: ‚Reiß Jule heute Abend auf'. Es fing an, mich immer mehr zu nerven. Warum hatte ich das Handy überhaupt angeschaltet? Ich machte es sofort aus und musste vor lauter Ärger erstmal nach draußen gehen. Dort stand ich eine Weile und atmete tief durch. Als ich wieder reinkam, saßen meine Klassenkameraden alle an ihren Plätzen am Tisch. Neben Jule saß Bob.

Ich setzte mich auf die andere Seite von Jule und

fragte sie: „Gehen wir morgen zusammen in den Tower?"

„Wahrscheinlich gehe ich morgen mit Bob shoppen."

Ich sagte: „Du wolltest mit mir shoppen gehen und hattest versprochen, mit mir in den Tower zu gehen." Jule sagte: „Habe ich das?"

Ich sagte: „Ja, als wir zusammen für die Abschlussprüfung gelernt haben."

Jule sagte: „Okay, dann gehe ich morgens mit Bob shoppen und gegen Mittag gehen wir dann gemeinsam mit Bob in den Tower." Mir klappte die Kinnlade runter.

Ich sagte: „Ich verzichte auf das Shoppen mit dir, aber wenn du vormittags mit Bob shoppen gehst, dann kannst du gegen Mittag mit mir alleine in den Tower gehen." Ich betonte das Wort ‚alleine'. „Im Anschluss müssen wir beide noch zusammen zum Flughafen Stansted. Bob fliegt, glaube ich, von Heathrow aus, was in der anderen Richtung liegt", log ich.

Ich erhielt keine Antwort, ob Bob mit in den Tower kommen würde.

Tower-Besichtigung

8 Uhr Samstagmorgen, mein letzter Tag in London. Meine Gasteltern bestanden darauf, dass wir zusammen frühstückten. Ich hatte ihnen gesagt, dass ich nur eine Stunde Zeit haben würde, denn ich wollte noch zum Camden Lock Market und danach mit Jule in den Tower. Ich kaufte im Vorfeld im Internet die Tickets für die Tower-Besichtigung um 12 Uhr für Jule und mich und schickte Jule darüber eine Nachricht. Für Bob besorgte ich keins. Hoffentlich tauchte er nicht auf.

Nach der Tower-Besichtigung wollte ich meinen Koffer bei meinen Gasteltern abholen und dann gemeinsam mit Jule zum Flughafen London Stansted fahren.

„Jetzt muss ich aber los, wir sehen uns später noch mal." Ich fuhr mit der U-Bahn zum Camden Lock Market. Ich hatte im Netz gelesen, dass es dort tolle Jacken gäbe. Ich wollte mal schauen, ob ich dort eine noch bessere Lederjacke, als Bob sie in der Disco anhatte, finden würde. Es war sehr voll auf dem Markt. Ich sah eine schöne schwarze Lederjacke, aber sie war sehr teuer. Ich probierte sie trotzdem an. Sie saß perfekt. Ich sah den Verkäufer fragend an: „It suits you", entgegnete er.

„This jacket is very expensive, can you make a good price for me?", fragte ich.

„I'm really sorry, but I can only give you a discount of five percent."

„That's still very expensive; can I pay the jacket by MasterCard?"

„Yes, you can."

Zähneknirschend bezahlte ich das viele Geld, aber das war es mir wert. Ich behielt die Jacke gleich an. Mit meinen Gedanken war ich schon bei der Tower-Besichtigung mit Jule, was sie wohl zu meiner neuen Jacke sagen würde? Falls Bob doch an ihrer Seite sein würde, würde ich einfach sagen, ich hätte nur noch zwei Tickets bekommen.

Da stand ich und wartete. Zum Glück kam Jule allein ohne Bob. Ich spürte ihren Blick auf meine Lederjacke.

„Wo ist Bob?", fragte ich.

„Er muss noch Koffer packen und schafft es nicht

mehr, nachzukommen. Wo hast du die tolle Lederjacke her, hattest du die schon immer?"

„Gerade auf dem Camden Lock Market gekauft",
sagte ich.

„Bob und ich waren heute Morgen auch shoppen."

„Du hast keine Einkaufstaschen dabei, wärst besser mit mir shoppen gegangen", entgegnete ich triumphierend.

Schon begann unsere geführte deutschsprachige
Tour durch das weltberühmte Wahrzeichen der
Stadt. Zuerst wurden uns die Kronjuwelen gezeigt.
Im dunklen Raum funkelten sie hinter gepanzertem
Glas.

Danach wurde es ziemlich eng und dunkel, der
Guide erzählte jetzt etwas von Gespenstern. „Einige
Geister wohnen innerhalb dieser Mauern, darunter
jene von Henry VI., von Catherine, der fünften Frau
von Henry VIII., von Dame Sybil, der Kranken-
schwester von Prince Edward, und sogar von einem
Grizzlybär, der einst im Tower lebte."

Ich bemerkte Jules ängstlichen Blick, sie sah aus, als
ob der Grizzly gerade vor ihr stehen würde. Jetzt ist
die Gelegenheit, jetzt oder nie, wenn nicht jetzt, wann
sonst?

Ich ging zu ihr und legte den Arm um sie und sagte im Spaß: „Ich bin doch bei dir."

„Ich habe gar keine Angst", sagte Jule.

„Sicher ist sicher", entgegnete ich und ließ meinen Arm auf ihrer Schulter.

Der Guide erzählte weiter: „Die letzte Person, die im Tower of London am 15. April 1941 hingerichtet wurde, war der deutsche Spion Josef Jakobs, nachdem er per Fallschirm nach England ‚eingeflogen' war." Ich schaute Jule an und fand, dass sie immer noch ängstlich aussah.

Rückflug nach Deutschland

Nachdem Jule und ich unser Gepäck von unseren Gastfamilien abgeholt hatten, trafen wir uns um 15 Uhr an der Waterloo Station, um gemeinsam mit dem Stansted Express zum Flughafen zu fahren. Als wir am Gleis ankamen, sahen wir ein großes Schild: ‚Due to railway construction works there is no railway traffic between Waterloo Station and Stanton airport, please take the bus shuttle‘.

„Warum hat uns das keiner gesagt?"

Ein Passant sagte: „Das war doch überall zu lesen, im Internet und in der Tageszeitung."

„Wo fährt denn der Bus-Shuttle ab?", fragte ich. Wir erkundigten uns am Infoschalter und ich schaute auch in meinem Handy nach. Endlich fanden wir den Abfahrtpunkt und reihten uns in die Schlange von wartenden Reisenden ein. Es dauerte gefühlte Ewigkeiten, bis wir in einen Bus einsteigen konnten. Er quälte sich durch die Londoner Innenstadt. Oft stand er und wir guckten immer wieder besorgt auf unsere Uhren. Die Boardingzeit rückte immer näher und wir saßen immer noch im Bus. Wieder stand er. Zwanzig Minuten vor Abflug kamen wir am Flughafen an. Nun mussten wir erstmal schauen, wo wir hin mussten. Endlich fanden wir unseren Abflugschalter, die Frau, die dort saß, sagte: „Es tut mir leid, sie können nicht mehr mit."

„Aber es sind noch fünfzehn Minuten", sagte ich.

„Wir können keine Koffer mehr annehmen und der Airport-Bus zum Flugzeug ist schon weg, tut mir leid", wobei die Betonung auf ‚tut mir leid' lag.

Wir gingen zum Infoschalter und fragten nach der nächsten Verbindung nach Deutschland. „Um 22 Uhr geht noch ein Flug."

„Die werden doch hoffentlich noch zwei Plätze freihaben", sagte Jule.

„Bestimmt", behauptete ich zuversichtlich.

„Wenn wir heute nicht mehr zurückkommen, dann können wir am Montagmorgen nicht in die Schule gehen", sagte Jule.

Am Flugschalter fragten wir: „Haben Sie noch zwei Plätze frei?"

„Ja."

„Und was kostet der Flug?"

„400 Euro", sagte die Frau hinter dem Schalter.

„Haben Sie nicht noch günstigere Plätze?", fragte jetzt Jule. „Da hätten Sie viel früher kommen müssen. In fünf Stunden ist Abflug."

„Können wir auch mit Kreditkarte bezahlen?", fragte ich. „Wir nehmen alle Kreditkarten", sagte die Stimme hinter dem Schalter.

„Hoffentlich bekommen wir das Geld von der Schule wieder zurück", sagte Jule.

„Das glaube ich nicht, die sagen bestimmt, ihr hättet euch vorher kümmern müssen", entgegnete ich.

„Möchten Sie nun mitfliegen oder nicht?", fragte die Schalterfrau.

„Auf alle Fälle", sagten wir einstimmig.

„Dann brauche ich bitte Ihre Kreditkarten."

Ich dachte, hoffentlich hat Jule eine dabei. In dem Moment holte sie ihre Kreditkarte aus ihrer Geldbörse. Nun hatten wir beide unsere Rückflugtickets.

„Wann können wir einchecken und unsere Koffer abgeben?"

„Zwei Stunden vor Abflug".

„Da haben wir ja noch drei Stunden Zeit."

Wir gingen mit unseren Koffern zum nächsten Coffeeshop.

„Gib mir mal dein Handy, ich muss meinen Eltern

schreiben, dass wir später kommen, sie machen sich sonst bestimmt Sorgen."

„Danach schicke ich meinen Eltern eine Nachricht."

„Hoffentlich kommen wir vom Flughafen noch mit dem Bus nach Hause", sagte Jule.

„Zur Not müssen wir ein Taxi nehmen."

„Wir sind dann viel zu spät zu Hause. Da können wir doch am Montagmorgen gar nicht in die Schule gehen", sagte Jule.

„Wir müssen, die haben doch so was wie ein Empfangskomitee für uns", sagte ich.

„Dann müssen wir hingehen", stimmte Jule zu.

„Wir sind dann bestimmt total müde", gab ich zu bedenken.

„Hoffentlich bekommen wir das Geld für den Rückflug zurück", sagte Jule nochmals.

„Wie gesagt, das glaube ich nicht", war ich mir sicher.

Unsere Bestellung kam. „Your order", sagte der Kellner.

„Thank you", sagte Jule.

Wir schlürften schweigend unseren Kaffee und aßen unsere Sandwiches.

Ich fasste mir ein Herz und fragte: „Wie war das Shoppen mit Bob?"

„Nett."

„Warum bist du nicht mit mir shoppen gegangen?"

„Du gehst doch nicht gern shoppen, sondern besichtigst lieber alte Bauwerke."

„Mit dir macht doch einfach alles Spaß."

Jetzt war es raus und ich wurde rot.

„Meinst du?" Jule schaute mich irritiert an.

„Doch, doch", beharrte ich und merkte förmlich, wie mein Gesicht langsam abkühlte.

„Wir müssen los und unsere Koffer abgeben", sagte Jule.

„Wir haben noch eine Stunde Zeit, lass uns doch noch ein bisschen hierbleiben", sagte ich.

„Gut, aber nur zehn Minuten, dann müssen wir los", beharrte Jule.

Ich legte meinen Arm um sie und sie schenkte mir ihr funkelndes Lächeln. In ihrer Gesellschaft hatte ich mein Handy bisher kaum benutzt, denn ich hatte gemerkt, dass es wichtigere Dinge gibt ...

Magnus
und sein verlorenes Handy

Geburtstagsfeier

Gestern habe ich mein Handy verloren. Kurz zuvor hatte ich noch eine geheimnisvolle Nachricht erhalten. Ich wusste gar nicht mehr den genauen Wortlaut, sie lautete in etwa: ‚Ich heiße Ines, wohne im Hochhaus nebenan und möchte dich gern kennenlernen. Ein Mitschüler hat mir deine E-Mail-Adresse gegeben'. Daraufhin schlich ich um das Hochhaus herum und hielt Ausschau. Ich sah ein schwarzhaariges gutaussehendes Mädchen in meinem Alter aus dem Hochhaus kommen. Ich dachte mir, das ist bestimmt Ines, traute mich aber nicht, sie anzusprechen. Wie peinlich, wenn sie es doch nicht gewesen wäre. Ich hatte jetzt einen anderen Plan. Heute Nachmittag würde mein Hackerfreund Severin zum Geburtstagskaffeetrinken kommen. Ich wollte ihn dann bitten, mir bei der Suche nach Ines behilflich zu sein.

Morgens durchsuche ich zum zehnten Mal meinen Schulranzen und meine Hosentaschen nach meinem Handy. Wieder fand ich nichts. Vor lauter Wut kippte ich den Ranzen aus und schmiss die Hosen auf den Boden, woraufhin mein Zimmer einem

Schlachtfeld glich. Es war mir egal, ich ließ alles so liegen und fieberte dem Kaffeetrinken entgegen.

Als Severin endlich zum Kaffeetrinken kam, hatte er wie immer seinen Laptop und sein Handy dabei.

Er sagte: „Magnus, altes Haus, herzlichen Glückwunsch zum Geburtstag, nun bist du auch schon 17 Jahre alt, genau wie ich."

„Danke Severin, ich hab eine geheimnisvolle Nachricht von einem Mädchen namens Ines aus dem Hochhaus nebenan bekommen, sie möchte mich gern kennenlernen. Wie kann ich herausbekommen, wer sie ist?"

„Magnus, das ist ja toll. Wir notieren die Namen der Klingelschilder am Hochhaus und suchen dann in Facebook, Google usw. danach."

Meine Mutter wandte ein: „Aber erstmal stärkt ihr euch."

Meine Mutter hatte eine tolle Geburtstagstorte gebacken, auf der 17 Kerzen steckten.

Zuerst fotografierte ich die Torte und sagte: „Severin, wir müssen die Torte nach dem Kaffeetrinken noch in Facebook einstellen."

Severin sagte: „Machen wir. Frau Schmidt, die Torte ist wie jedes Jahr total lecker, ich hab wie immer zwei Stück gegessen."

Danach waren wir fast schon zu träge, um noch zum Hochhaus zu gehen.

Ich sagte: „Severin, was würdest du Ines antworten?"

Severin sagte: „Schreib doch einfach: ,Ines, toll, dass du mir geschrieben hast, gern würde ich dich kennenlernen'. Aber stell doch erstmal die Geburtstagstorte in Facebook ein."

Severin gab mir sein Handy und ich stellte die Torte ein und stellte hierbei fest: „Niemand hat mir zum Geburtstag gratuliert."

Meine Mutter sagte: „Deine Freunde sind bestimmt noch nicht dazu gekommen, dir zu gratulieren, sie werden es sicher später tun."

Nach einer halben Stunde rafften wir uns auf und gingen zum Hochhaus rüber.

Dort sahen wir unseren Hausmeister. „Herr Meier, können Sie uns helfen? Wir sind auf der Suche nach einem Mädchen namens Ines aus dem Hochhaus."

„Oh, Magnus, hier gibt es einige junge Mädchen. Welches meinst du?"

„Herr Meier, sie ist ungefähr in meinem Alter und geht auf die Goethe-Schule."

„Aber Magnus, ich weiß doch nicht, welches Mädchen auf welche Schule geht."

„Wie sind denn die Namen der möglichen Mädchen?"

„Das Mädchen könnte aus der Familie Müller, Schröder oder Schulze sein."

„Vielen Dank, Herr Meier, damit haben Sie uns schon weitergeholfen."

Eilig verabschiedeten wir uns und gingen schnell wieder zu mir nach Hause. Severin gab die Namen in Google ein.

„Magnus, für jeden Namen gibt es mindestens 100 Einträge."

„Versuch es doch mal mit Vor- und Nachnamen, vielleicht ergibt sich dann was?"

„Hier ist eine Ines Schröder. Schau mal, ich bin in ihrem Facebook-Konto, leider gibt es kein Bild von ihr, sondern nur eins von einer schwarzen Katze."

„Ob sie das ist? Hat sie Katzen? Mag sie Katzen? Wie können wir all das herausbekommen?"

„Wir schreiben ihr einfach eine Nachricht, gib mir mal dein Handy."

Ich schrieb: ‚Hallo Ines, ich finde es total toll, dass du dich meldest, gern würde ich dich kennenlernen. Hast du eine schwarze Katze?'

Ich schaute in mein Facebook-Account. „Severin,

ich hab schon 15 Likes für meine Geburtstagstorte bekommen.

Lucia schreibt: ‚Magnus, die Torte sieht total lecker aus, bring sie doch am Montag mit in die Schule‘.“

Jetzt war ich ganz gespannt auf Ines Nachricht.

Es dauerte nicht lange und ich erhielt eine Nachricht: ‚Magnus, woher weißt du, dass ich eine schwarze Katze habe?‘

„Severin, wir müssen jetzt sofort antworten!!“

Treffen mit Ines

„Was sollen wir ihr denn schreiben?", fragte Severin.

„Wir müssen ihr auf alle Fälle schreiben, woher wir wissen, dass sie eine schwarze Katze hat."

Wir verfassten die folgende Nachricht: ‚Hallo Ines, in deinem Facebook-Konto habe ich ein Foto von einer schwarzen Katze gesehen und dann messerscharf geschlossen, dass du eine schwarze Katze hast. Du hast mir geschrieben, dass Du mich gerne kennenlernen möchtest, wann hast du Zeit?'

Prompt kam eine Nachricht zurück: ‚Hallo Magnus, ich liebe schwarze Katzen, meine Katze heißt Mimmi. Ich schreibe morgen (Montag) eine Mathearbeit, im Anschluss, so gegen 14 Uhr können wir uns vor dem Eingang zum Hochhaus treffen.'

Am Montagmorgen nahm ich ein paar Stücke von meinem Geburtstagskuchen mit in die Schule. Wir aßen die Tortenstückchen gemeinsam mit unserem Klassenlehrer Herrn Jörgens.

Lucia sagte: „Die Torte schmeckt aber lecker."

Mein Klassenlehrer sagte: „Magnus, bestell deiner Mutter schöne Grüße von mir und sag ihr, dass die Torte ganz vorzüglich geschmeckt hat."

Ich war schon ganz aufgeregt und fieberte dem Treffen mit Ines in ein paar Stunden entgegen.

Mein Klassenlehrer sagte: „Magnus, du siehst so abwesend aus."

„Herr Jörgens, das täuscht. Ich folge Ihrem Unterricht ganz aufmerksam."

Wenn ich mein Handy wiedergefunden hätte, hätte ich jetzt Severin eine SMS geschickt und ihm geschrieben, dass ich schon ganz aufgeregt wäre.

Nun war es endlich so weit. Ich stand ganz nervös vor dem Hochhaus. Ob sie das schwarzhaarige gutaussehende Mädchen war, das ich vor ein paar Tagen hier gesehen hatte? Tatsächlich, da kam wieder genau dieses Mädchen vorbei, aber es blieb nicht bei mir stehen. Es dauerte nicht lange und ein weiteres schwarzhaariges Mädchen kam auf mich zu und gab mir ihre Hand.

„Hallo Magnus, ich bin Ines, toll, dass du kommen konntest."

„Wie war deine Mathearbeit?"

„Ich bin nicht gut in Mathe und hoffe, dass ich noch eine Vier geschafft habe."

Ich grinste und sagte: „Ines, ich kann dir gern Nachhilfeunterricht geben."

„Danke, aber ich kriege das schon allein hin. Meine

Katze Mimmi ist krank, ich mache mir große Sorgen um sie, sie frisst schon seit Tagen nichts mehr, wenn es morgen nicht besser ist, gehe ich mit ihr zum Tierarzt."

„Ines, wollen wir ein Eis essen gehen, hier in der Nähe ist eine ganz leckere Eisdiele?"

„Ja, das ist eine gute Idee."

Wir schlenderten zur Eisdiele und trafen dort Severin.

Spaziergang im Park

„Ines, du bist zum Eis essen eingeladen, ich hatte letzte Woche Geburtstag."

„Das ist aber nett, vielen Dank." Ich bestellte einen Schokoladenbecher und Ines probierte das Spagetti-Eis. Ich bezahlte.

„Schmeckt echt lecker, guter Tipp." Genüsslich schleckten wir unser Eis. Ich bekleckerte aber dabei mein weißes T-Shirt mit einem schwarzen Schokoladenfleck.

„Du hast da einen Fleck", sagten Ines und Severin wie aus einem Mund.

„Ich weiß, aber danke, dass ihr mich darauf aufmerksam macht", sagte ich sichtlich genervt.

„Nach dem Eis essen könnten wir uns noch im Park neben unserem Hochhaus die Beine vertreten", sagte ich.

„Das ist eine gute Idee", stimmten Ines und Severin zu. „Vielleicht spielen sie ja wieder Volleyball und wir können mitspielen, wie wär's?"

„Meinst du, die lassen uns mitspielen?"

„Wenn Ines nett fragt, dann bestimmt", sagte Severin und zwinkerte mir zu.

Wir schlenderten gemütlich zum Park. Der Park leuchtete golden in der Sonne. Fast alle Bänke waren besetzt. Auf der Wiese wurde gegrillt, es duftete nach Bratwurst. Auf dem Spielplatz waren Eltern mit ihren Kindern. Wir kamen zum Volleyballfeld. Heute wurde nicht gespielt.

„Habt ihr einen Volleyball?", fragte Ines.

Severin und ich verneinten. „Wir könnten uns ja noch ein bisschen auf eine Bank im Park setzen, die da drüben ist gerade frei."

Wir setzten uns auf eine Bank am Rande des Skateboardfeldes und hörten das stetige Knallen der Skateboards.

„Hier sitzen wir nicht so toll, aber wenigstens haben wir eine Bank für uns allein."

„Wie alt ist denn deine Katze?"

„Mimmi ist zwei, sie ist noch ganz jung und ängstlich."

„Wie sieht Mimmi aus? Hast du ein Foto dabei?"

Ines sagte stolz: „Mimmi ist ein schwarzes Wollknäuel. Ich hab ein Foto auf meinem Handy, das hab ich aber jetzt nicht dabei. Wenn wir nachher zum Hochhaus gehen, kann ich euch ein Foto von ihr zeigen."

„Ines, in welche Klasse gehst du jetzt?"

„Ich bin in der elften."

„Es gibt vier elfte Klassen. Wer ist dein Klassenlehrer?"

„Herr Hildebrandt."

„Und was sind deine Lieblingsfächer?"

„Deutsch und Englisch."

„Magnus Lieblingsfächer sind Mathe und Technik, falls du in Mathe nicht gut bist, gibt Magnus dir bestimmt gern Nachhilfe."

Ich fragte: „Wo hast du vorher gewohnt?"

„Ich hab mit meinen Eltern in einem Vorort gewohnt, meine Eltern haben sich getrennt und ich bin dann mit meiner Mutter in das Hochhaus gezogen."

„Hast du noch Geschwister?"

„Ich bin Einzelkind."

Ich zwinkerte Severin zu, das war das Zeichen für ihn, zu gehen.

Severin verabschiedete sich hastig: „Magnus, wir sehen uns morgen auf dem Schulhof. Ich muss noch zur Schach-AG. Ines, schön, dich kennengelernt zu haben. Tschüss."

„Schade, dass dein Freund schon so plötzlich gehen musste."

„Ja, er ist ein sehr guter Schachspieler", log ich.

„Ich muss um 17 Uhr zu Hause sein, ich hab noch Klavierunterricht. Spielst du auch ein Instrument?"

„Nein, ich bin total unmusikalisch."

„Übernächste Woche ist wieder die große Schul-Sommerparty für alle Jahrgänge mit Disco, gehst du auch hin?"

„Ich habe schon Plakate gesehen, ist das gut? Wird da auch Musik von Abba gespielt?"

„Bestimmt", log ich.

„Mein ganzes Zimmer hängt voll mit Abba-Postern, jeden Tag höre ich die Musik von Abba."

„Ich lade die Musik immer aus dem Internet runter."

„Wie geht denn das?"

„Das zeig ich dir bei unserem nächsten Treffen, bring dann dein Handy mit."

„Es ist kurz vor fünf, ich muss gehen."

Ines eilte davon.

Handysuche

Ganz traurig blickte ich Ines noch lange hinterher, bis ihr zauberhafter roter Mantel nur noch ein Fleck war. Plötzlich war sie verschwunden, ohne dass ich sie fragen konnte, wann wir uns wiedersehen würden. Ich wollte ihr zunächst über WhatsApp eine Nachricht schicken, weil ich dachte, das wäre doch das Einfachste – aber stopp, wie sollte das gehen ohne Handy? Außerdem musste Severin auch nicht immer alles mitbekommen, was ich Ines schrieb. Jetzt hatte ich es aber satt, ich musste unbedingt versuchen, mein Handy wiederzubekommen. Irgendwo musste dieses verdammte Ding doch sein!! Am besten ginge ich gleich zur Polizei und meldete den Verlust, bestimmt wurde es schon längst dort abgegeben.

Meine Mutter fuhr mich zur Polizeiwache. Ich musste warten, bis ich endlich drankam. Ich sagte zum Polizisten: „Ich habe mein Handy, Farbe schwarz, auf dem Nachhauseweg von der Goethe-Schule zur Wohnung meiner Eltern in der Pfeilstraße 5 verloren."

„An welchem Tag und zu welcher Uhrzeit?"

„Montag, gegen ca. 14 Uhr."

„Bitte füllen Sie dieses Blatt zum Hergang des Handyverlusts aus."

„Wozu denn das?"

„Das sind die Regularien, an die wir uns hier strikt halten müssen." Zähneknirschend und laut fluchend füllte ich das Formular aus.

„Danke. Warten Sie bitte einen Augenblick, ich frage sofort bei meinen Kollegen nach." Er kam dann erstaunlich schnell zurück. „Bisher ist es nicht gefunden worden. Sollten wir es erhalten, kontaktieren wir Sie. Erfahrungsgemäß werden wenig Handys bei uns abgegeben. Die Finder behalten sie und verkaufen sie auf dem Schwarzmarkt."

„Dann werde ich wahrscheinlich mein Handy nicht wiederbekommen."

„Fragen Sie doch auch im Fundbüro nach."

Ich bat meine Mutter, mich auch dorthin zu fahren.

„Die Fundstücke von Ihrem Verlustdatum treffen erst in einer Woche ein", hieß es dort.

Was konnte ich noch tun? Wenn ich dieses verdammte Handy nicht wiederbekäme, würde ich noch mein Sparschwein schlachten und mein letztes Hemd für ein neues Handy hergeben.

So wühlte ich am nächsten Morgen auf meinem Schulweg in den Büschen. Es war mir völlig egal, ich *musste* mein Handy wiederfinden.

Ganz in Gedanken in der Schule angekommen, hörte ich nicht, wie Severin zu mir sagte: „Guten Morgen, hattest du gestern noch einen tollen Nachmittag mit Ines?"

Ich ging jedoch schnurstracks zum Lehrerzimmer. Davor sah ich meinen Klassenlehrer Herrn Jörgens. „Guten Morgen, Herr Jörgens, ich habe vor ein paar Tagen mein Handy verloren, ist es gefunden worden?"

„So weit ich weiß, nicht, aber ich frag noch mal sicherheitshalber nach." Er schloss die Tür und kam nach ein paar Minuten wieder zu mir heraus. „Auch meine Kollegen haben kein Handy gefunden, frag doch mal unseren Hausmeister, ob am Verkaufskiosk ein Handy abgegeben wurde."

In den ersten beiden Schulstunden war ich unaufmerksam und sehnte die große Pause herbei. Endlich war es so weit, ich ging zu unserem Hausmeister und fragte dort nach meinem Handy.

„Magnus, es ist kein Handy gefunden worden."

Auf meinem Weg zum Schulhof rannte ich noch schnell zum schwarzen Brett und hängte einen

Zettel für meine Handysuche auf. Dann eilte ich zu Severin und hielt Ausschau nach Ines.

„Hallo Severin, hast du Ines auf dem Schulhof gesehen?"

„Nein."

„Ich auch nicht. Kann ich noch mal eine Nachricht von deinem Handy aus losschicken? Ich hab ganz vergessen, Ines zu fragen, wann ich sie wiedertreffen kann. Ich muss unbedingt wissen, ob sie zur großen Schul-Sommerparty in ein paar Tagen kommt."

„Nun mal langsam, du musst doch Ines nicht gleich hinterherlaufen, warte doch, bis sie sich wieder bei dir meldet."

„Aber dann könnte es zu spät für die Party sein. Du bist doch mein Freund, du musst mir helfen!"

Abwarten

„Magnus, heute Morgen grüßt du mich nicht mal und jetzt muss ich dir gleich wieder helfen."

„Severin, das tut mir leid. Ich bin doch nicht blind. Ich kann mir das gar nicht vorstellen, du weißt doch, dass ich dich immer grüße. Wann soll ich dich denn nicht gegrüßt haben?"

„Heute Morgen, als du zum Lehrerzimmer geeilt bist."

„Oh, echt? Ich hab dich wirklich nicht gesehen, wo hast du denn gestanden?"

„Vor unserer Klassentür und außerdem hab ich dich gefragt, ob du einen schönen Nachmittag mit Ines hattest, denn ich musste euch ja auf dein Kopfnicken hin verlassen."

„Oh, ich weiß gar nicht mehr genau, was sie alles gesagt hat, sie hat so viel von ihrer Katze erzählt und auf einmal war sie verschwunden."

„Als ihr über die Katze gesprochen habt, da war ich doch noch dabei. Habt ihr wirklich von nichts anderem gesprochen wie von dieser blöden Katze? Du willst es mir bestimmt nur nicht erzählen!"

„Zehn Minuten nachdem du weg warst musste sie

auch gehen. Du weißt doch, dass ich dir immer alles erzähle. Können wir ihr jetzt endlich eine Nachricht schreiben?"

„Da musst du sie aber ganz schön gelangweilt haben. Warum willst du sie denn wiedersehen, wenn sie dir doch die ganze Zeit nur von ihrer Katze erzählt hat? Sei doch nicht so ungeduldig. Wie gesagt, ich würde ihr nicht hinterherlaufen. Warte doch noch einen Tag oder zwei und wenn sie sich nicht meldet, kannst du immer noch eine Nachricht schreiben. Es sind doch noch ein paar Tage bis zur Party." Zähneknirschend gab ich nach. „Okay, du hast Recht, einen Tag kann ich noch warten, das schaffe ich gerade noch. Vielleicht sehen wir sie morgen noch auf dem Schulhof. Wenn du sie siehst, frag sie doch, ob sie zur Party kommt. Aber wenn wir sie morgen nicht sehen, dann schreiben wir ihr eine Nachricht", sagte ich und verabschiedete mich.

Ich machte auf meinem Nachhauseweg einen Schlenker und ging am Hochhaus vorbei, in dem Ines wohnte. Ich setzte mich auf eine Bank in der Nähe des Hauses, so dass ich es gut im Blick hatte. Ausgerechnet jetzt kam unser Hausmeister an mir vorbei.

„Was machst du denn hier bei dem schönen

Wetter, willst du dich nicht im Schwimmbad ab-
kühlen?"

„Ich will mich ein bisschen sonnen und beim Vol-
leyballspielen zuschauen", log ich.

„Da hast du Recht." Nachdem ich eine Stunde auf
der Bank gesessen hatte und Ines nicht vorbeige-
kommen war, ging ich traurig nach Hause.

„Du guckst so traurig, was ist denn los?" fragte
meine Mutter.

„Ich habe mein Handy auch in der Schule nicht
wiederbekommen."

„Das ist doch nicht so schlimm, man braucht das
Handy und diese ständige Erreichbarkeit doch nicht
wirklich."

„Doch, es ist lebenswichtig, ich bin abgeschnitten
von allen Freunden, Informationen, Neuigkeiten, ich
bekomme nichts mehr mit. Hat jemand für mich
angerufen?"

„Auf wessen Anruf wartest du?"

„Auf den Finder meines Handys. Ich hab einen
Zettel ans schwarze Brett in der Schule gehängt."

„Hast du eine Belohnung ausgesetzt?"

„Warum sollte ich das machen?"

„Wenn du keine Belohnung anbietest, bekommst
du dein Handy bestimmt nicht wieder."

„Aber Mama, es gibt doch auch noch ehrliche Finder. Wenn ich ein Handy finde, würde ich es auch auf jeden Fall zurückgeben, da sind doch ganz viele persönliche Daten drauf. Ein Außenstehender kann mit einem gefundenen Handy nichts anfangen."

„Gib mir doch mal die Tageszeitung mit den Prospekten, dann kann ich schon mal schauen, welche Handys im Angebot sind."

Handykauf

„Ich hab deine Frage von vorhin gar nicht beantwortet. Nein, es hat niemand angerufen und dein Handy gefunden."

„Mama, kannst du mir Geld leihen, damit ich mir ein neues Handy kaufen kann?"

„Dafür gebe ich dir kein Geld, denn ich finde, du brauchst keins."

„Doch!", entgegnete ich entschieden. „Es ist lebenswichtig, ich brauche es unbedingt. Außerdem ist es doch für dich auch gut, wenn du mich immer erreichen kannst."

„Nein, nein, nein, keine Diskussion, Schluss jetzt!"

„Wann kommt denn Papa heute nach Hause?"

„Oh, das kann spät werden, er hat doch heute seinen Firmenausflug."

„Ausgerechnet heute, das hab ich ganz vergessen. Scheiße", sagte ich leise.

„Was hast du gesagt?"

„Ach, nichts. Dann rufe ich eben die Großeltern an, die sind ja immer sehr großzügig."

„Sie werden dir auch kein Geld geben."

„Das wollen wir doch mal sehen", sagte ich trotzig.

„Hallo, hallo, hier ist euer lieber Magnus. Ich hab mein Handy verloren und bin total aufgeschmissen und hilflos. Könnt ihr mir helfen und mir Geld geben, um ein neues zu kaufen?"

„Magnus, du musst lernen, besser auf deine Sachen aufzupassen."

„Es kann doch mal passieren, dass man etwas verliert."

„Du könntest bei uns den Rasen mähen und dir damit einen kleinen Zuschuss verdienen. Allerdings müssen wir erst den Rasenmäher reparieren und dann kannst du loslegen."

„Wie lange braucht ihr denn dafür? Oder soll ich gleich mal vorbeikommen und schauen, ob ich nicht den Rasenmäher wieder reparieren kann? Wenn ich gleich komme und das mache, könnt ihr mir doch bestimmt noch etwas mehr Geld geben?"

„Ja, okay, aber nur, wenn du gleich vorbeikommst."

„Ich fliege."

Zehn Minuten später war ich bei meinen Großeltern. Ich schaute mir den Rasenmäher an und stellte fest, dass er nur einen Wackelkontakt hatte, den ich schnell beheben konnte. Sie freuten sich sehr über meinen kurzfristigen Besuch und gaben mir noch etwas mehr Geld. Aber es reichte immer noch nicht!! Was tun? Woher Geld bekommen?

Nun war ich wieder zu Hause. „Mama, kann ich nicht unseren Zaun streichen? Das sollte ich doch immer schon mal machen und kannst du mir dafür nicht etwas Geld geben?"

„Nein, wie schon gesagt, unterstütze ich deinen Handykauf nicht. Du kannst gern den Zaun streichen, aber Geld bekommst du von mir keins, Schluss jetzt!"

Ich hatte mal was von Ratenkäufen gehört; vielleicht könnte ich ja das Handy anzahlen und später abbezahlen. Ich ging zum Handyshop.

„Nein, das machen wir nicht, dazu ist die Summe zu klein."

Auf dem Rückweg zu meinen Eltern fand ich eine Geldbörse auf dem Gehsteig. Ich hob sie auf und nahm sie mit. Zu Hause zählte ich das Geld: Es müsste fast reichen. Ich ging wieder zum Handyshop. Es fehlten drei Cent für das billigste Handy. Der Verkäufer drückte beide Augen zu und gab es mir. Ich rannte nach Hause und wollte WhatsApp herunterladen, doch ich musste feststellen, dass das Handy nicht genug Leistungskraft dafür hatte.

„So eine Scheiße", fluchte ich.

Ich war kurz davor, das Handy in die Ecke zu schmeißen. Im letzten Moment fiel mir ein, dass ich es dann nicht mehr umtauschen könnte. Mittlerweile war mir alles egal. Ich ging zum Sparschwein meiner Eltern, zertrümmerte es und nahm mir das Geld. Meine Mutter hatte jedoch das Scheppern gehört und kam die Treppe heruntergeeilt. Ich entkam ihr knapp und rannte heute zum dritten Mal zum Handyladen.

„Das Handy ist nicht WhatsApp-fähig, ich will es umtauschen", schrie ich in den Laden.

„Aber mein kleiner Freund, das hab ich dir doch gesagt, du hast mir überhaupt nicht zugehört! Jetzt ist hier schon ein Kratzer am Handy, ich weiß gar nicht, ob ich es noch umtauschen kann, und wenn du weiter so schreist, schon gar nicht."

Ich schaute zur Tür des Handyladens und sah meine Mutter im Türrahmen stehen. Auweia, dachte ich, das gibt richtig Ärger.

„Na gut, ich habe heute meinen guten Tag und ausnahmsweise tausche ich dir das Handy um. Sei jetzt aber ruhig!"

Nun hatte ich ein neues Handy.

Nachdem ich den Handyladen verlassen hatte, schrie mich meine Mutter an: „Was denkst du dir eigentlich dabei, unser Sparschwein zu zerstören? Du bist total handysüchtig! Du wirst das entnommene Geld abarbeiten, indem du in den nächsten Wochen am Wochenende mein Auto kostenlos wäschst.

„Okay, mache ich", willigte ich zähneknirschend ein. „Es tut mir leid", sagte ich kleinlaut.

Inhalt

Georg und sein Handy

**Magnus
und sein verlorenes Handy**

Danksagung

Diese Geschichten habe ich im Rahmen eines Seminars an der Volkshochschule Köln unter Leitung von Dr. Jörg Wolfradt geschrieben. Mein ausdrücklicher Dank gilt Dr. Jörg Wolfradt sowie allen Teilnehmerinnen und Teilnehmern des Seminars.

Die Autorin

Sabine Niemeyer

Diplom-Kauffrau.
Geboren im Dezember 1966 in Hildesheim. Ausbildung zur Industriekauffrau und Fremdsprachenkorrespondentin sowie Studium der Betriebswirtschaftslehre an der Universität Göttingen. Langjährige Tätigkeit im Zentraleinkauf bei führenden deutschen Handelsunternehmen und in der Industrie.
Sabine Niemeyer ist verheiratet und wohnt in Köln.